LA BOITE
DE PANDORE.

L'ESCAMOTEUR.

L'avare, le fourbe, le traître,
Le perfide, l'escamoteur,
Voulait se dire notre maître,
Mais, holà ! votre serviteur !
Ayant gémi sous son empire,
De trente ans presque révolus,
N'avons-nous pas raison de dire :
A bas, nous ne le voulons plus !

L'homme le plus adroit de France
Sait escamoter les votants,
Et venir, dans sa présidence,
Nous prendre pour des ignorants.
Croyant faire comme en Vaucluse,
Il doit ramasser tout pour lui.
Mais, bon Monsieur, pardon, excuse,
Ce coup ne passe plus ici.

1844

Au secours de l'escamotage
Qui se fait dans l'obscurité,
Le mensonge, en plein étalage,
Deviendra, pour lui, vérité.
Croyant qu'on n'osera rien dire,
Holopherne rit le premier :
Mais, holà, saura le mieux rire,
Celui qui rira le dernier.

Ah ! Messieurs, faites-moi silence ;
L'écharpe est sur le coffre fort :
Et, si quelqu'un dit ce qu'il pense,
Je verbalise tout d'abord.
J'entends qu'on laissera la table
Dans la plus grande obscurité,
Où l'escamotage est faisable
Avec plus de sécurité.

Pliez, repliez la besogne,
Pour qu'elle tienne un petit lieu ;
Sinon Pierre Holophorne grogne,
Ne pouvant plus cacher son jeu.
Il tiendra bien son équipage
Sous les petits doigts de sa main :
Mais de là viendra le tapage
Qui se fait le surlendemain.

Il faut que le scrutin s'endorme ;
Et, pendant son petit repos,
Voici, Messieurs, la feuille en forme
Qu'il vous faut signer aussitôt.
Aussitôt P... P... la signe
Et la remet à son voisin,

Qui savait fort bien la consigne
De quelque avocat vauclusien.

Quand il voit que l'affaire est faite,
Grouvin prend la parole et dit :
Messieurs, placez-moi la tablette,
Que je puisse voir l'écrit.
C'est alors que se développe
D'Holopherne le bulletin.
C'est le produit de sa calotte,
Remplaçant Louis par Martin.

Vagaa, qui prête l'oreille :
Au Palais va faire récit,
Disant : nous avons fait merveille,
Notre coup nous a réussi.
Les trompés sont tous bouche close,
Ils sont pâles et confondus,
Ils sont ébahis ; aucun n'ose
Dire : nos noms se sont perdus.

Il a bien fait du tripotage,
Dans le temps du débordement ;
Et, ne voyant pas le nuage
Qui troublait son raisonnement ;
Belles dames de rire éclatent,
Sautant, frappant sur chaque main.
Mais l'epoir dont elles se flattent
S'évanouit le lendemain.

Trouvant à ses fraudes propice
Un appartement ténébreux,
Grouvin a bien fait son office,

Sans être aperçu d'aucun d'eux.
Lors Vagaa dit à Madame :
Nous n'avions que ce seul espoir,
Pour faire passer notre trame
A l'ourdi du samedi soir.

Enfin finit la comédie
D'Holopherne, palefrenier.
Et croyant fort que chacun plie,
Il devint ce jour hôtelier.
Il invite Antoine, Jean, Pierre,
Et même le brave Sauveur,
Qui n'écoute pas sa prière,
Craignant de perdre son honneur.

Vagaa sera bien en tête,
Pour les servir d'un plat puant.
C'est assez bon pour une fête
Qui ne se fait qu'en attendant.
La grosse jambe de son père
Pourra suffire à ce festin,
Et la grosse faim satisfaire
Au profit de maître Grouvin.

Mais entendez-vous dans sa tune
Cette femme qui dit si bien ;
Fortune, fortune, fortune,
Mon papa va gagner du bien.
Quels coups sur sa main elle donne,
Elle fait retentir l'écho,
Disant : papa, maman l'ordonne,
Aujourd'hui paye le fricot.

Entendez-vous Gapian à Vêpres,
Il chante de tous le plus fort.
C'est bien son jour, pour passer maître
Des chantres il est le plus fort.
Il a bu du rapi de mousse,
Comme de l'eau pendant l'hiver.
C'est du Bordeaux pour ce grand mousse
Qui fait ici le Guliwer.

Mais enfin sa voix devint rauque,
Depuis lors il n'a plus chanté.
Faut-il croire qu'il a fait Plauque,
Ou bien serait-il enrhumé.
Il se chagrine, il se tourmente,
Il croasse comme les corbeaux.
Il pleure quand son rival chante.
Que pleure-t-il ? les bons morceaux.

Après tout son travail magique,
Il prit une si rude toux,
Qu'en parlant à l'ami Colique,
Il miaulait comme les matoux.
Et c'est alors qu'au bord du Rhône
Il fut chercher sa guérison ;
Mais les remèdes qu'on lui donne
Le font tomber en pamoison.

Mais il guérira par le nombre
De ses contre-protestations,
Qui disent qu'il a fait, à l'ombre
Des lois, ses belles élections.
Hélas, ô temps ! ô mœurs ! justice.
Gapian pourra donc sans danger,

Lire par plus de bénéfice :
Gapian, au lieu de Béranger.

Un jour qu'au lointain il moissonne,
Un des plus grands de ses sujets,
Voulant relever sa personne
Et se vanter de quelque fait,
Il écrit une belle lettre
Pour offrir à sieur Grippe-Main,
Si l'élection devait renaître,
De lui donner un coup de main.

Les élections sont maintenues ;
En voilà donc cinq bien contents.
L'un d'eux se perdra dans les nues,
Ou dans les gouffres dévorants.
Si Dieu lui dit dans sa colère :
Va, maudit, brûler en enfer;
Car je vois en toi, sur la terre,
Tout l'orgueil du grand Lucifer.

L'entendez-vous en ses demeures,
Colique disant : mes enfants,
Si je veux, dans vingt-quatre heures,
J'aurais l'écharpe au tour des flancs.
Mon pauvre cœur, qui souvent tremble,
Doit à présent se rassurer.
Le Panard, en dînant ensemble,
Au Buis vient de me l'assurer.

On a parlé pour nous, ma femme,
Nous allons grandir par degré.
On vous dira : bonjour Madame ;

Et, suivant les mêmes progrès,
On me dira Monsieur, sans doute,
M'honorant de ma qualité.
Mais l'édit, se trompant de route,
Chez son voisin s'est arrêté.

Holopherne attend sa retraite,
Plus la croix de décoration ;
Mais l'époque n'est pas complète,
Lorsqu'il éprouve éviction.
C'est ici la fin de son rôle,
Nous pourrons un jour respirer ;
Combien Gapian trouvera drôle,
De ne pouvoir plus opprimer.

Enfin arrive la nouvelle,
Par un chemin inattendu.
Mais, hélas, s'arrêtera-t-elle
Chez notre brave individu.
Holopherne, par jalousie,
Lui fait son traître compliment,
En lui disant : je vous en prie,
Acceptez mon remplacement.

Non, non, je n'accepte la place ;
Je donne ma démission.
Pour conduire une populace,
Il faut de l'érudition.
Vous connaissez mon ignorance,
Et ma grosse incapacité ;
Mon peu de savoir m'en dispense.
J'aime mieux ma tranquillité.

Lixambourg fera vos affaires ,
Je guiderai ses doigts crochus.
Vous les laisserez en galère ,
Sous les coups de mes...... fourchus.
Mon collègue , je vous ordonne ,
Sous la peine de tous les maux ,
D'accepter (car la place est bonne) ,
En renonçant à mes rivaux.

Je ne veux renoncer personne ;
Vous le savez , je fais pour tous.
De tous aimer , Dieu nous ordonne ,
Voulez-vous qu'on n'aime que vous ?
J'abandonne plutôt la place ,
Que bien cher vous m'avez vendue.
J'aime mieux faire volte face ,
Quoique ma somme soit perdue.

Puis Gapian lui dit à l'oreille :
Donnez votre démission ,
Mon affaire irait à merveille ,
Si, par défaut d'acceptation ,
On me remettait à ma place ;
Alors nous serions tous joyeux;
Mes rivaux feraient la grimace ,
Et mes pleurs passeraient chez eux.

Plutôt sauter par la fenêtre ,
Qu'écouter cet avis pervers;
Louis dit : je ne puis promettre
De coûter le moindre revers.
Je ne puis rien, mon cher Gapance ;
En donnant ma démission ,

Dire pour votre convenance ,
Ni faire aucune motion.

Qu'on le ménace ou qu'on le flatte ,
A notre chaste vérité.
Louis ne veut lever la pate
Disant qu'il est trop ballotté.
A regret il pipe la place :
La voulant , ne la voulant pas,
Sachant que celui qu'il remplace ,
Doit le faire marcher au pas.

Pauvre Gapian , tu vois ta race ,
Livrée au mépris du public ,
Abandonne au plutôt la place ,
Et quitte vite ton trafic.
Va-t-en dans la terre étrangère ,
Ici tu fais du mauvais sang ,
Amène surtout ta mégère ,
Fais suivre ton petit Gapian.

Hélas ! que je suis misérable ,
Holopherne, en son désespoir ,
Disait : m'aurait-on cru capable
De pousser si loin le savoir.
Ouf ! hélas ! qu'elle triste fête
Nous fîmes au mois de juillet ,
Quand nous disions : la troupe est bête,
Elle écrivait son grand billet.

Ah ! que ma faute les fait rire,
Tandis qu'il me la faut pleurer ;
Car je vois qu'à force d'écrire ,

On ma bien fait dégringoler.
Que vais-je devenir, ma femme?
N'étant plus rien, je suis perdu
Ma triste mine me diffame,
Car je suis pâle et confondu.

Je pouvais bien laisser au diable,
Les tracassières élections,
Pour arranger tout à l'amiable
Les nombreuses réclamations.
Qui tout veut, tout il faut qu'il perde.
Hélas, c'est par trop désolant;
Me fit oublier ce proverbe,
Jean Scipion le postulant.

Hélas ! grand Dieu , je suis perdu ,
Je viens d'apprendre la nouvelle
Que certain Ange est parvenu
Aux fins de toute sa sequelle.
Je ne puis arrêter mes pleurs ,
Car je vois naître mes malheurs.

Contre lui j'ai pétitionné ,
En disant qu'il est un ivrogne ;
Tous ses défauts j'ai mentionné,
Il faut le dire à ma vergogne.
C'est en vain que j'ai réclamé
Pour l'empêcher d'être nommé.

Ah ! j'entends déjà les guépiers
Qui bourdonnent ma déchéance.
L'un me demande les papiers ,
L'autre les poids et la balance.
Tous disent qu'il faut m'acculer ,
Pour m'empêcher de reculer.

L'on voudrait avoir le tambour
Pour battre une marche fatale :
Le prend ton sac , au point du jour ,
Et peut-être la générale.
Mes amis , il faut battre au champ ,
Et ram plan plan , ran pa ta plan.

Hélas , ce grand bruit me fait mal ;
Allons , Finette , à la campagne ;
La chèvre ou le noir animal
Désormais nous tiendront compagne.
Il faudra bien se résigner
A les toujours accompagner.

Je perds mon temps , je le vois bien ,
De faire tant de résistance ;
Qu'il soit aujourd'hui ou demain
Je dois faire ma pénitence.
Car , à force de délayer ,
Mon ange pourrait s'ennuyer.

Qu'on ne me parle d'étaler
Un jour de dimanche ou de fête ;
Je préférerais m'en aller
A califourchon sur ma bête.
Comme Pilate nous l'a dit :
Evitons du peuple le bruit.

Je faisais déjà des projets
A la longueur de plusieurs cannes :
En promettant à mes sujets
D'ombrager le Cours de platanes.
Mais il faut laisser le rempart
Tout nu, témoin de mon départ.

Ah ! l'affaire n'a point tourné
Du côté de notre grand maille,
J'en reste surpris, étonné,
Car elle invitait sa triquaille
A manger un jour de bonbon,
Sans avoir tué le mouton.

A , si venias pas sourci vouz,
Disait-elle aux voisins, voisines ;
Si la victoire était à nous,
Nous ferions ronfler nos cuisines.
Mais, hélas ! notre bon fricot
Est à la fortune du pot.

J'ai fait apprendre à Lixembourg
Les éléments de la Grammaire,
En croyant de le mettre un jour
A la place de son bon père ;
Mais voilà qu'il me prend au nez
De voir purger mon cabinet.

Je lui disais : mon cher enfant,
Je veux t'apprendre la manière
De ne point dépenser d'argent,
Si tu veux suivre ma bannière ;

Sache que mon plus grand talent,
C'était d'être passe-volant.

Sans jamais payer un dîner,
Je faisais toujours ma ripaille,
Et n'étais jamais le dernier,
Pour y conduire ma grand maille.
A la mort de chaque cochon,
Nous donnions un coup de torchon.

C'est le moyen que j'ai trouvé,
Pour vivre de mes dagornes.
Mais contre tous s'est soulevé
Le diable avec toutes ses cornes.
Malgré les sciences de Trevoux,
Je n'ai pu calmer mon courroux.

Pour les avoir importunés,
Par mes dents et par mes prières,
Mes amis m'ont abandonné.
Connaissant d'ailleurs mes manières :
De n'offrir un verre de vin
Aux amis, pas même aux voisins.

Il me reste pour tout soutient,
Le seul ramoneur des montagnes,
Qui me dit : mon *Gapian*, soutiens
Jusqu'à la fin de tes campagnes.
Va, tiens ferme, jusqu'à la fin,
En régimbant comme un mutin.

A tous les saints du Paradis
Nous avons fait quelque violence.

Mais ces saints étant trop petits,
Ils s'excusent sur la balance,
Qu'on ne trouve entre biens et maux,
Qu'ont fait ressortir mes rivaux.

O ciel, ô terre, ô ramoneur,
Voilà ma disgrâce complète !
Les regrets me percent le cœur,
Depuis cette maudite fête
Que nous fîmes le neuf juillet,
Escamotant Jeannot-Billet.

Je vois qu'on veut me désarmer
De ma très-fameuse écumoire ;
Ah ! pourrai-je, sans m'alarmer,
Voir ainsi vider mon armoire.
J'ai déjà le cerveau brouillé
De me voir ainsi dépouillé.

Je voulais poursuivre le jeu
Dont j'avais si bien la pratique.
Mes gens ne voyaient que du bleu
Dedans ma lanterne magique.
Mais leurs yeux se sont dessilés
Dans le maudit mois de juillet.

J'ai bien servi vingt-huit ans ;
Et pour toute ma récompense,
On me dit de sortir des rangs,
Au grand détriment de ma panse.
Je donnerais ma démission
Si l'on m'offrait une pension.

Je voulais morguer mes rivaux,
Mais, triste boîte de Pandore,
Tu fis éclore tous mes maux
Au second lever de l'aurore.
Lorsque douze réclamations
Suivent quatre protestations.

Mais tu m'as fait vivre douze ans ;
Eh quoi ! pourrais-je te maudire,
Car tu connais mes bilans ;
Aujourd'hui chacun sait le dire :
Ne contenant plus mes secrets,
Reçois du moins tous mes regrets.

A ma seule méchanceté,
Il faudra que je m'en prenne.
Et pendant mon autorité
Je ne garde qu'une dardenne.
Me faudra-t-il tendre la main,
Pour faire vivre Grippe-Main.

Alors, entrant dans sa fureur,
Holopherne veut qu'on lui donne
Des armes pour percer son cœur,
Car il voit que tout l'abandonne.
Finet, donne-moi mon bancal,
Pour me donner le coup fatal.

Sitôt s'arrachant les cheveux,
Sa tête frappe les murailles,
En disant : il faut pour des gueux,
Qui nous prennent pour des canailles,

Crever ici de désepoir,
Restant seul dans mon manoir.

A to biquo, vaoustres pardi,
Madame la Timbarlinière;
Tout de suite vous la saisit,
De ses deux mains par la crinière,
L'abouche sur un plat de thé
Pour lui rendre la santé.

Quoi voü, je veux couper mon cou.
Laisse-moi donc prendre des armes,
Je ne veux plus faire coucou,
Tu peux te préparer aux larmes.
Non, je ne peux plus y tenir,
Tout de suite je veux partir.

Secours! secours! à mon secours,
Crie aussitôt une merlatte;
Pauvre Gapian, pour mon amour,
Du moins imite-moi Pilate,
Qui de sang ne souilla sa main,
Laisse donc vivre Grippe-Main.

Quoique tu l'aies bien merité,
Tu ferais rire la commune.
C'est vraiment vrai, la vérité,
Que tu vas perdre ta fortune.
Mais du tout tu seras vainqueur,
A triste fortune, bon cœur.

Alors une lueur d'espoir,
Brillant au fond de sa belle âme,

Il entre seul dans son boudoir
Pour examiner quelle trame,
Il filera dorénavant
Pour pousser son train en avant.

Quelquefois je fais la leçon
A mon cher fils, grand hypocrite,
De n'être jamais un polisson ,
Quoi qu'il soit un peu parasyte,
Comme son père Gabian,
Qui tirait comme un cabestan.

Autrefois je sauvais l'honneur ,
Et faisais même des ripailles.
Mais aujourd'hui tout mon bonheur
S'écroule avec mainte futaille ;
Car je ne puis plus rien tirer,
Il me faudra donc retirer.

Je vois affronter mes amis
D'une morgue presque inconnue ,
Car mes plus cruels ennemis
Retrouvent leur gaîté perdue.
Jouant sur l'orgue à tour de bras,
Amis, la gaîté renaitra.

LE MANNEQUIN.

Voulant régaler mes amis ,
Je leur dis venez à ma fête ;
Nous morguerons nos ennemis
Pour faire rire ma Finette ;
Mais trois d'entr'eux ne vinrent pas ,
Faute de souliers ou de bas.

Vint un soit-disant avocat ,
Pour faire une fausse dénonce ;
Mais en plaidant autour du plat
Les morceaux lui fesaient reponse.
Mange et bois pour mieux avaler ;
Sans t'occuper de mal parler.

Réduit à sa simple expression ,
L'avocat, qui n'a que malice ,
Vint en joindre une portion
A celle du cousin Caprice,
Parlant d'un habit déguisé ,
Pour danser dans un bal masqué.

Un loup servier vint dans la nuit ,
Pour exercer son ministère ;
Car l'on voyait briller sur lui
L'ordre et l'instrument du clystère.
Il essaya plus de cent fois ,
Pour m'en donner cinquante-trois.

Je dis : apportez pour manger ,
Car je suis passablement maigre.
Allons que chaque ménager ,
Porte de l'huile et du vinaigre ;
Que l'un apporte un sac de pain
Et l'autre une charge de vin.

On dit en les voyant venir :
C'est pour un service funèbre.
A leur manière de courir ,
On croirait qu'il est fort célèbre ;
Car il y avait bien du butin ,
Pour engraisser ce grand mutin.

Quiquine avez-vous vu passer?
Portant un panier sur l'épaule ,
Vers lui daignez vous avancer ,
Vous entendrez un chat qui miaule;
Et verrez un coq de trente ans ,
Ayant de chair comme de dents.

Un grand dindon et vingts croquants,
Sont arrivés de la justice;
Le porteur en faisait cancans ,
Disant mon ventre s'agrandisse.

Pour dépenser huit francs un liard,
Trop petit sera mon pansard.

Le grand balancose Chevrier,
Portant un panier de glacières,
Vint en courant comme un levrier,
Jusques au ravin des platrières.
Là les glacières se fondant,
Chevrier vint tout clopin clopan.

L'un apporte un pigeon boiteux,
L'autre une poule courbant l'aile ;
De tant de biens j'étais honteux,
Surtout en voyant mon Angelle
Portant la tête d'un renard,
Trois œufs et deux morceaux de lard.

J'ai fait tuer un mouton lourd,
Lui faisant écraser la tête ;
Si le pain sec fait venir sourd
Ce ne sera dans cette fête
Où le bonbon abondera
A force qu'on apportera.

Notre dinde fait encore l'œuf,
La tuer serait grand dommage ;
Nous avons bien assez du bœuf,
Ne faisons pas tant du carnage.
Finet ne faisons point du mal
A cet innocent animal.

Les convives passeront bien,
Sans faire si grande dépense ;

De tout ce qui ne coute rien ,
Je pourrais bien remplir ma pense.
Chaque convive apportera ,
Cent fois plus qu'il ne mangera.

Nous pourrons bien des rougigons ,
Vivre trois, quatre ou cinq semaines;
Dans la bombance navigons ,
Chassons nos chagrins et nos peines ,
Nous allons faire un carnaval ,
Plus gras que le sale animal.

J'avais loué des instruments ,
Pour composer une musique ,
Et passer quelques bons moments ;
Mais aussitôt la république
Vient crier au son du tambour :
Abas Loferne et Lixambourg.

Que ferons-nous du pauvre Jean ?
Que ferons-nous du pauvre Pierre ?
Voici le premier jour de l'an ,
Emportons-le dans la rivière;
Pour couper à ses leçons ,
Faisons-le manger aux poissons.

J'entendis quelques libertins ,
Chanter ainsi sous ma fenêtre,
Etant à l'issue du festin ;
Alors je croyais que peut-être
On venait former des concerts ,
Pour féliciter nos desserts.

On fabrique un vilain pantain,
Qu'on suspendait par une corde,
On l'appelait Galipantin.
Pour mettre par tout la discorde,
Notre musique n'alla plus,
Et nous restâmes là confus.

Mes musiciens étaient sortis
Pour jouer une farandole,
Comme ils n'étaient pas avertis
Qu'on nous joua ce vilain rôle,
Ils furent tous saisis d'effroi,
Et craignaient que ce ne fût moi.

Chacun quitta son instrument,
Voyant cet horrible scandale,
Et retourna très-promptement
Pour voir si j'étais dans ma salle,
Me disant tout bas en rentrant :
On vient de pendre carmentran.

Là nous restâmes sans parler,
Ne sachant que faire et que dire,
Personne n'osait s'en aller.
Mais ce qui faisait mon martyre,
C'est que tout en faisant coucou,
Chacun buvait un petit coup.

En buvant, mon vin s'en allait ;
O pantain de triste mémoire !
En restant là il me fallait
Dire, de temps en temps, à boire !

Lors je dis allons faire un tour
En criant vive Lixambour !

Le grand laurier du Puymeras,
Reprenant alors sa musique,
Veut faire danser tous les chats
De cette infernale boutique ;
Faisant dire au grand affamé :
Moi vive, à bas le sus plumé !

Jean soufflait dans un instrument
Que l'on appelle un trombone,
Se crevant à fournir du vent
Pour remplir sa double colonne,
Afin d'égayer Lixambourg,
Qui fut mécontent tout le jour.

Jacques raclait sur un violon,
Qui n'avait qu'une vieille corde ;
Par hasard c'était le bourdon
Pour mettre partout la discorde.
Malgré les cris du grand Piéron,
Personne ne suivait le ton.

Alors du pantin s'approchant,
Ils arrêtent leur tintamarre ;
Lui passent dessous en disant :
Il fallait qu'il fut bien barbare,
Puisqu'on vient de le pendre ainsi
Oh ! partons au plutôt d'ici.

Un merle noir devint tout blanc
Tant il fut frappé de surprise

De voir son ami Galipan
Pendu comme une marchandise.
Il lui tendait ses bras sans mains ,
Comme parent des Grippe-Main.

Ils l'appelaient quelquefois Jean ,
Quelquefois ils l'appelaient Pierre ;
Monté sur làne de saint Jean,
Un loup le tenait par derrière ;
Mais , en montant sur le carcan ,
A la tête il se fit du sang,

Quelqu'un d'entre nous , dit le Jean ,
Est attaqué des écrouelles ;
Mais on répondit qu'en tombant
Il s'était cassé les cervelles.
Il avait le nez emporté ,
Et le visage ensanglanté.

Sa teste a besoun de coula ,
Foou de coules , coufas nen vite ,
Travayen per lou counsoula ,
Amaï n'ague pas lou merite ;
S'érou pa tan esta sagan ,
L'oouryen pas pendoula au carcan.

Pour le garantir du grand froid ,
On vous l'habille en circassienne,
D'une culotte que l'on croit ,
En la voyant être la miennet
Alors je dis à ma Finet :
On a volé le cabinet.

Regarde vite si toujours
Notre culotte est à sa place;
Car bientôt notre Lixambourg
Ferait une triste grimace.
Je connais ses intentions,
Sur elle il a prétention.

Il croit, comme mon vert habit,
Que la culotte est éternelle ;
Je l'entends souvent qu'il nous dit :
Quand la culotte paternelle
Aura fini du bon côté,
Nous la mettrons à poil tourné.

Un jour viendra que mes enfants
En feront aussi quelque chose.
Mon papa, nous sommes savants
Pour faire la métamorphose;
S'il fallait manger du papier,
Je saurais aussi le métier.

Notre culotte à rayon blanc,
Est à l'épreuve de la marche ;
Quand tu l'achetas sur l'encan,
Du bon Noë sortant de l'arche,
Aurait-elle dit tour à tour
Servir à Loferne et Lixambour.

Taran tan tan tan, quinte bru,
Aco m'interroun ma musique,
Lou voulen plus, lou voulen plus,
Trente mille fès se replique:

Anen nous escoundre ou granier,
A la cave ou din lou cendrier.

Je viens d'exciter le guépier,
Qui me bourdonnera sans cesse :
Holopherne, mange papier,
Pour citer mes traits de prouesse.
Ce triste jour me sera long,
Quoique nous ayons le violon.

Le champêtre de rage noir,
Ayant tout le jour fait la mine,
Sort tout furieux de son manoir,
Menaçant de sa carabine,
Quiconque ne voudra finir
De faire le pantin courir.

On se rend; mais à l'avenir,
On lui jure devant sa face,
Qu'il le verra danser, courir,
Dans la rue et sur cette place,
Le dimanche du carnaval,
A l'honneur du grand animal.

LE RAMONEUR.

Je faisais danser la marmotte,
Quand de la Savoie je partis,
Un matin je la trouvais morte,
Et pour la peau je la vendis.
Ma pauvre danseuse étant morte,
Le seul espoir qui m'est resté,
C'est de courir de porte en porte,
En demandant la charité.

On me donnait en abondance,
Je recevais en chaque lieu,
Quelques liards pour ma récompense,
Faisant semblant de prier Dieu.
Je vendis alors ma caissette
A certain petit décroteur,
Pour acheter une raclette,
Voulant faire le ramoneur.

Ah, je criais : Messieurs et Dames,
Je ramone la cheminée,
Si l'on ne fait ni feu ni flamme,

Car je crains beaucoup la fumée ;
Je suis encore bien novice ,
Mon travail n'a pas de valeur ;
Mais d'un trés petit bénéfice
Vous contentez le ramoneur.

Madame , une pomme de terre
Pour mon salaire suffira ;
Je ferai toujours bonne chère ,
Prenant ce qu'on me donnera.
Je boirai un coup de piquette ,
Quand mon travail sera fini ;
Vous ne ferez aucune dette ,
Le ramoneur se paye ainsi.

En arrivant dans votre ville ,
J'étais donc petit ramoneur ,
Gentil fort sage et fort docile.
Je ramonais avec ardeur ,
Quand on me donnait de l'ouvrage ;
J'étais radieux et content ,
Je raclais de tout mon courage ,
La cheminée en bien chantant.

Deux liards étaient ma récompense ,
Et souvent la suie suffisait.
J'en bénissais souvent la France ,
Mais non quand je dégringolais.
Un jour tout près de la toiture ,
Je raclais à force de bras ,
Mon dos faisant une fracture ,
Je descendis du haut en bas.

O métier ! le diable t'emporte,
Jurant tous les mots que je dis ;
Puis à quatre l'on me transporte,
Entre les draps d'un mauvais lit.
On me donnait de la tisane,
Quand je disais que j'avais faim ;
Puis l'on m'emporta sur un âne,
Comme Jacques Galipantin.

Dans huit jours ma figure noire,
Parut dans toute sa splendeur ;
Tellement qu'on ne pouvait croire
Que je fusse le ramoneur.
Cependant on m'entendait dire :
Ramoner-ci ramoner-çà,
De voix forte que l'on admire,
La cheminée du haut en bas.

Afin de le mieux faire croire,
Je portais autour de mes flancs,
Mes cordages et ma racloire,
En effrayant tous les enfants.
Je portais une veste énorme,
Sur mon dos, couleur de café,
Et ne changeais pas d'uniforme,
Soit en hiver, soit en été.

Quand je ne trouvais pas d'ouvrage,
En me voyant très-bien portant,
Je fesais un petit voyage,
A mon pays riche et content.
Lorsque j'avais cinquante liardes,
Je me croyais un gros milord ;

Je les serrais bien dans mes hardes ;
Craignant quelque rapt, ou la mort.

Puis je revenais à la ville,
Quand le froid montrait ses rigueurs,
Et je suivais tout bien tranquille,
La troupe de nos ramoneurs.
Quand j'avais passé les frontières,
Ramone-ci, ramone-çà ;
Montrant mes armes les premières,
La cheminée du haut en bas.

Je fesais le tour de la France,
Avec mes gros souliers de bois ;
Mais ce qui fesait ma souffrance,
C'était de parler mon patois.
Alors quelqu'un m'apprit à lire,
Je le payais en ramonant ;
Puis après il m'apprit d'écrire,
Prenant la suie en payement.

Alors sur la française langue,
Me croyant un des plus savants ;
Je voulais faire une harangue,
A ceux qu'on disait ignorants.
Moussieurs je leur dis : jé ramoune,
Et prend la suge en payement ;
Si l'on veut me faire l'aumoune,
Je la reçois également.

Alors l'un d'eux dans son faux rire,
M'anonça que je me trompais,
Me disant petit tu sais lire,

Mais tu ne sais pas le Français.
Contente-toi dans ta bésogne ,
De dire faites ramouner ;
Si non tu nous ferais vergogne ,
Français tu ne sais pas parler.

De ramoner je me dégoûte ,
Et ne veux plus du ramoneur.
Mais quelque métier que je goûte ,
On me connaît à ma laideur.
Sur la noirceur de mon visage ,
Qui cause mon grand embarras ,
On me dit retourne au village
Pour ramoner du haut en bas.

Un jour quelqu'un pour faire croire ,
Que j'étais un des revenants ;
Raconta toute mon histoire ,
Propre à faire peur aux enfants.
Puis chaque enfant sur mon passage,
Effrayé, courait en pleurant ,
Disant en son petit langage :
Maman, voici le revenant !

Si l'enfant ne veut qu'on le peigne ,
On dira pour lui faire peur ,
En lui montrant ma noire enseigne ,
Qu'on le condamne au ramoneur.
Alors l'enfant devient docile ,
Et dit, tout rempli de frayeur,
Maman, je resterai tranquile ,
Ne parle plus du ramoneur.

A ce mot tous les enfants tremblent ;
Rien ne saurait les rassurer,
Autour de moi les grands s'assemblent,
Ma laideur doit les attirer.
On me prend donc pour quelque diable,
En me jugeant sur ma noirceur ;
Quand je voudrai faire l'aimable ,
Je suis toujours le ramoneur.

Si j'ai pris ce mal dans la France ,
Dans la France je veux guérir ;
Etre riche plus qu'on ne pense ,
Sans ramoner ni bien courir.
J'apprendrais la langue française ,
Pour occuper quelque bureau ;
En m'assayant sur une chaise ,
Pour clerc d'avocat au barreau.

En changeant d'habit et d'allure,
On me dira : Monsieur, bonjour !
Quand j'aurais lavé ma figure,
On viendra me faire la cour ,
En m'apportant quelques étrennes,
Que je reçois même en deux liards ;
Je les prennais bien pour mes peines,
Quand je suivais les Savoyards.

Alors quoique je sois gaudiche,
A quelque village voisin ,
J'irais prendre une femme riche ,
Par l'entremise d'un cousin.
Quand elle serait paysanne,
Et qu'elle coutât mille francs ,

Ce serait fort bon pour un âne,
A longue oreille et bonne dent.

Quoi qu'elle fût un peu grossière ,
Riche je voudrais l'empoigner ;
En faisant beaucoup de poussière ,
Huit jours je la ferai peigner.
En l'ayant, arrive qui plante ;
Et pour lui feindre son bonheur ,
Je conte une histoire amusante ,
Mais non celle du ramoneur.

Quand son père , pour avarice ,
Serait mort , mangé par les poux ,
Si sa fortune était propice ,
Je donnerais vingt mille sous,
A celui qui voudrait la vendre ,
En me préférant par faveur.
N'ayant rien , je ne puis la prendre
Sans graisser la patte au tuteur.

Je trouverais sur Caroline ,
Les mille francs que j'ai donné.
Je n'ai qu'à lui faire la mine ,
Sur ses mariages proposés.
Disant qu'un enfant à son âge ,
Doit se soumettre à son tuteur,
Qui ne la livrera qu'au gage ,
Que lui dira le ramoneur.

Je voyais avec grand'peine ,
Qu'on l'eût promise au boulanger ,
Qui ne m'offrit aucune étrenne ;
Ne faisant boire ni manger :

(35)

Tachias moyen d'empachia acoto ,
Diguére un dimar à Gapian ;
Amai ague agu la picoto ,
Et si per ieou li parlavian ?

Etant veuf, ah ! si *Caroline*
Ne craignait le charivari,
Je lui dirai chère *Bibine*,
Prends le ramoneur pour mari.
Le Bon-bon contre moi procède ,
La caressant pour ses enfants ;
Mais s'il veut que je la lui cède,
Il faut qu'il crache mille francs.

Mon cher enfant est à l'école.
Ah ! s'il vient, gare le Bon-bon,
Il lui coupera la parole ,
Et la chicaille tout du bon ,
En lui disant que cette fille ,
Sans marchander et sans milieu ,
Etant d'une bonne famille ,
Doit lui venir en premier lieu.

Racontant aussi son histoire,
Un petit gentil ramoneur,
De bon cœur donne le pourboire .
A l'auteur de tout son bonheur.
Le soutient de bec et de griffe,
Le veut quant on le veut pas,
Et puis à tout jamais il biffe,
La cheminée du haut en bas.

Carpentras, imprimerie de vᶜ PROYET.— 1844.

CPSIA information can be obtained
at www.ICGtesting.com
Printed in the USA
LVOW04s0206140617
537963LV00014B/85/P